Dragon and Unicorn
Dragón y Unicornio

Written by

Edna Valenzuela

Illustrated by

Melissa Matzir

Para mi Unicornio, Camila, y mi Dragón, Elena.
Ustedes son la alegría de mi vida.

For my Unicorn, Camila, and my Dragon,
Elena. You are the joy of my life.

Dos criaturas maravillosas viven en el bosque encantado. Dragón es grande y verde.

Two marvelous creatures live in the enchanted forest. Dragon is big and green.

1

Unicornio tiene una melena de arco iris y un cuerno dorado.

Unicorn has a rainbow mane and a golden horn.

A Dragón le gusta comer cebollas y nabos.

Dragon likes to eat onions and turnips.

A Unicornio le gusta comer algodón de azúcar y manzanas con caramelo.

Unicorn likes to eat cotton candy and caramel apples.

A Dragón le gusta revolcarse en el lodo del pantano.

Dragon likes to roll in the mud of the swamp.

A Unicornio le gusta que su melena sea trenzada por hadas y perfumada en los prados de lavanda y azucenas.

Unicorn likes her mane to be braided by fairies and to be perfumed in the meadows of lavender and lilies.

Dragón y Unicornio son muy diferentes.

Dragon and Unicorn are very different.

Pero eso no importa porque cuando están juntos son felices jugando escondite.

But that does not matter because when they are together, they are happy playing hide-and-seek

Dragón forma figuras en el cielo para Unicornio.

Dragon forms figures in the sky for Unicorn.

9

Y Unicornio con su cuerno mágico hace un arcoíris para que Dragón se resbale en él.

And Unicorn with its magic horn makes a rainbow for Dragon to slide on.

Se divierten soplando dientes de león.

They have fun blowing dandelions.

Dragón cuida a Unicornio cuando hay relámpagos,
porque ella se asusta.

Dragon takes care of Unicorn when there is lightning, because
she gets scared.

Y Unicornio les muestra a los animales del bosque lo divertido que es Dragón, para que ninguno le tema.

And Unicorn shows the animals of the forest how fun Dragon is, so that none of them will fear him.

14

Dragón ayuda a Unicornio a reparar su cabaña.

Dragon helps Unicorn repair her cabin.

Entonces Unicornio nota que Dragón no está bien, y con su magia sana su diente adolorido.

Then Unicorn notices that Dragon is not well, and with her magic heals Dragon's sore tooth.

Dragón es muy fuerte, Unicornio también lo es.

Dragon is very strong. Unicorn is too.

Los mejores amigos son divertidos, amorosos y bondadosos.
Ahora ve a jugar y sé un amigo maravilloso.

Best friends are fun, loving and caring. Now go play and be
a marvelous friend.

Enchanted Forest

19

Bosque Encantado